PRENTENBOEKEN VAN MAX VELTHUIJS

Kikker is verliefd / *Kikker en het vogeltje* / *Kikker in de kou* / *Kikker en de
vreemdeling* / *Kikker is bang* / *Kikker is een held* / *Kikker is Kikker* / *Kikker
en de horizon* / *Kikker en een heel bijzondere dag* / *Kikker vindt een vriendje* / *Kikker vindt
een schat* / *Kikker is bedroefd* / *Kikker in de wind* (schetsboek) / *Dit is Kikker* (omnibus)
Kikker en zijn vriendjes (omnibus) / *Kikker en het avontuur* (omnibus) / *Het abc van Kikker*
Het rode kippetje (omnibus) / *Olifant en Krokodil* (omnibus) / *Het vrolijke voorleesboek
van Kikker* (omnibus)

KIKKER & VRIENDJES

Kikker speelt verstoppertje / *Kikker en de sneeuwman* / *Kikker en het slaapfeest*
Kikker is ongeduldig / *Kikker en de warme dag* / *Kikker en het Nieuwjaar* / *Kikker en de
stoelendans* / *Kikker en het verjaardagsspel* / *Kikker en het water* / *Kikker is boos*
Kikker en de vos / *Kikker verveelt zich* / *Kikker kan niet praten*

KIKKER VOOR BABY'S EN PEUTERS

Babyboek, puzzels, buggy-, bad-, ritsel- en kartonboekjes

In 2004 ontving Max Velthuijs de Hans Christian Andersenprijs voor illustratoren.
Zijn boeken werden bekroond met een Gouden en twee Zilveren Griffels, vier Gouden
en een Zilveren Penseel en de E. du Perronprijs.

www.dewereldvankikker.nl | www.kikkerwebshop.nl

Zesentwintigste druk 2014
Copyright © 1996 Max Velthuijs / c.o. Stichting Max Velthuijs
Voor Nederland: Uitgeverij Leopold bv, Amsterdam
Vormgeving omslag Studio Bos
In Engeland verschenen onder de titel *Frog is Frog* bij Andersen Press Ltd., Londen
Lithografie Photolitho AG Offsetreproduktionen, Gossau, Zürich, Zwitserland
Gedrukt door Grafiche AZ, Verona, Italië
NUR 273 / ISBN 978 90 258 5995 4

Max Velthuijs

Kikker is Kikker

 Leopold / Amsterdam

'Ik bof toch maar,' zei Kikker, terwijl hij naar zijn spiegelbeeld in het water keek.
'Ik ben mooi en ik kan zwemmen en springen als de beste! En ik ben helemaal groen en dat is toevallig ook mijn lievelingskleur. Er is niets mooiers dan een kikker te zijn.'

'En ik dan?' vroeg Eend, die toevallig hoorde wat Kikker zei.
'Vind je mij soms niet mooi, helemaal wit?'
'Nee,' zei Kikker, 'daar vind ik niks aan. Niet eens een streepje groen
erin.'
'Maar ik kan vliegen en jij niet.'

'O ja?' zei Kikker. 'Dat heb ik je nog nooit zien doen.'
'Ik ben een beetje lui,' zei Eend, 'maar ik kan het wel. Kijk maar.'
Ze nam een aanloopje en begon hevig met haar vleugels te slaan.
Het maakte een hoop lawaai.

Maar plotseling was Eend los van de grond en vloog ze sierlijk
boven het landschap. Na een paar rondjes gevlogen te hebben,
landde ze vlak voor Kikker in het gras.
'Fantastisch,' riep Kikker vol bewondering. 'Dat wil ik ook.'
'Dat kan niet,' zei Eend, 'want je hebt geen vleugels.'
En tevreden liep ze naar huis.

Toen Kikker alleen was, ging hij het toch proberen.
Hij nam een flinke aanloop en fladderde woest met zijn armen op en
neer. Maar hoe hard hij ook rende, hij kwam geen centimeter van de
grond.

Ik ben een kikker van niks, dacht hij teleurgesteld, ik kan niet eens vliegen. Als ik maar vleugels had…
Toen wist Kikker ineens wat hij moest doen.
Wat Eend kon, kon hij ook.

Na een week hard werken en knutselen met een oud laken en touw was het zover dat hij zijn eerste proefvlucht kon maken.

Kikker ging naar de heuvel bij de rivier.
Hij nam een flinke aanloop zoals hij Eend had zien doen.

Toen sprong hij met gespreide vleugels de lucht in.
Daar ging hij!

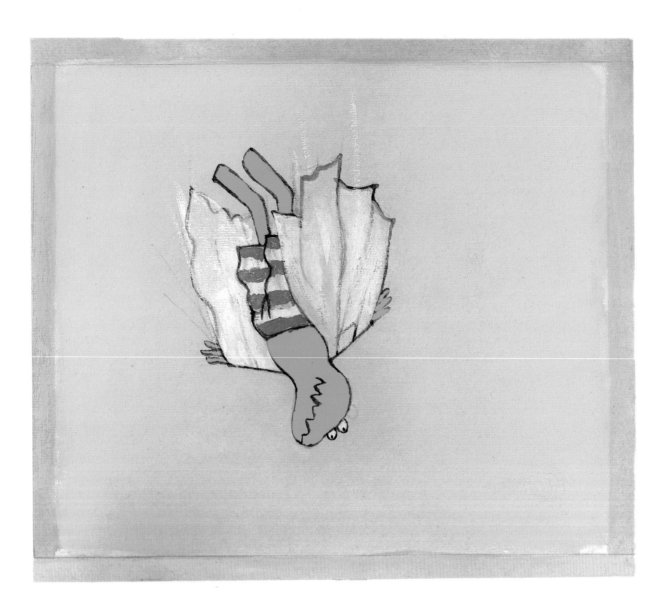

Eventjes zweefde hij boven het landschap als een echte vogel.
Totdat met luid gekraak de vleugels scheurden en Kikker naar
beneden stortte.
Met een plons viel hij in de rivier.
En dat was maar gelukkig ook!

Rat zag hoe Kikker uit het water strompelde.
'Kikkers kunnen niet vliegen, dat weet je toch wel,' zei hij.
'Kun jij vliegen?' vroeg Kikker.
'Nee, natuurlijk niet,' zei Rat. 'Ik heb toch geen vleugels. Maar ik kan wel goed timmeren.'

Kikker dacht ernstig na. Hij zou het Varkentje eens vragen.
Toen hij binnenkwam, haalde Varkentje net een taart uit de oven.
'Varkentje, kun jij vliegen?' vroeg Kikker.
'Niks voor mij hoor,' giechelde Varkentje. 'Ik zou vast luchtziek
worden.'

'Wat kun jij dan wel?' vroeg Kikker.
'Ik kan alles,' zei Varkentje opgewekt.
'Ik kan de beste taarten bakken van de wereld. En ik ben erg mooi,
prachtig roze, mijn lievelingskleur.'
Dat moest Kikker wel toegeven.

Een taart bakken, dat kan ik toch zeker ook wel, dacht Kikker toen
hij weer thuis was.
Hij gooide alles wat hij vinden kon in een kom en begon te roeren.
Zo had hij het Varkentje ook zien doen.

Daarna deed hij het in de koekepan en zette die op het vuur.

Ziezo, dacht Kikker, dat wordt smullen.

Maar na een tijdje begon het vreselijk te roken en te stinken. De taart
was helemaal verbrand.

Dat kan ik ook al niet, dacht hij ongelukkig.

Misschien kan ik lezen, zoals Haas.

Hij ging naar Haas en vroeg: 'Haas, mag ik een boek van je lenen?'
'Kun jij dan lezen?' vroeg Haas verbaasd.
'Nee, maar misschien kun je me dat even leren.'

'Nou, kijk,' zei Haas, 'dit is een O en dat is een A en dat is een K en dat…'
'O, ik snap het al,' zei Kikker ongeduldig en hij holde met het boek onder zijn arm naar huis.

Hij ging in een makkelijke stoel zitten en sloeg het boek open. De
bladzijden stonden vol met rare tekentjes. Kikker begreep er niets
van.
Dat leer ik nooit, dacht hij. Ik ben maar een heel gewone domme
kikker.

Verdrietig bracht hij het boek terug.
'En?' vroeg Haas. 'Hoe vond je het?'
Treurig schudde Kikker zijn kop.
'Haas, ik kan niet lezen. En ik kan geen taart bakken en ik kan ook niet
vliegen en niet timmeren. Jullie zijn veel knapper dan ik. Ik kan niks.
Ik ben alleen maar een doodgewone groene kikker,' snikte hij.

'Maar Kikker,' zei Haas, 'ik kan ook niet vliegen en niet timmeren en ik kan ook geen taart bakken en ik kan niet zwemmen en springen zoals jij… omdat ik een haas ben. En jij bent een kikker en we houden allemaal veel van je.'

Diep in gedachten liep Kikker naar de waterkant en keek in het water.
Dat ben ik, dacht hij. Een groene kikker met een gestreepte zwembroek.

Ineens voelde hij zich heel gelukkig en blij.
Haas heeft gelijk, dacht hij. Ik bof dat ik een kikker ben! Ik wil nooit
iets anders zijn!
En van plezier maakte hij een enorme sprong, zoals alleen een kikker
dat kan. Het was net of hij vloog.